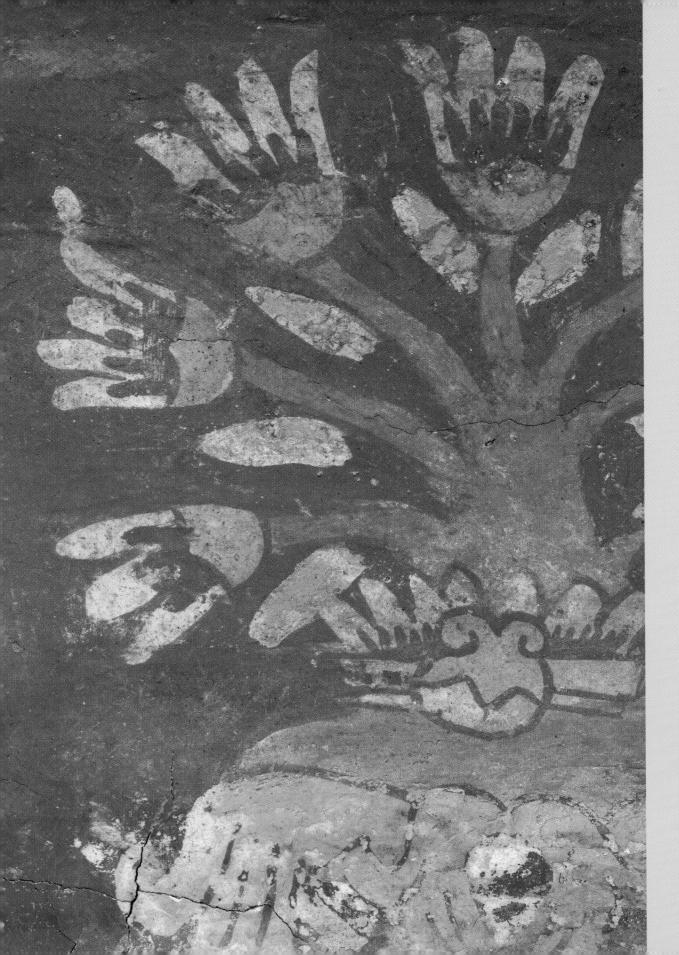

E[...]
desi[...]
contaba lo que su propia madre le
había contado a ella. "Algún día
llegará un hombre sabio y valiente
para guiarnos fuera de este desierto.
El Lucero del Alba se comunicará
con él. Nos llevará a un lugar donde
habrá agua y sombra. Ahí podremos
vivir felices bajo la paz del cielo
azul." Lo que no sabe el joven
Mexicatl es que antes de cumplir los
20 años, el Gran Espíritu lo escogerá
para guiar a su gente a un lugar
donde podrán vivir mejor.

Sin embargo, el viaje que
emprende Mexicatl con sus
seguidores para encontrar su nuevo
hogar sólo es parte del camino que
deberá recorrer. Antes de poder
convertirse en un verdadero sabio
líder, Mexicatl tendrá que vencer sus
debilidades.

Ilustrado por Roberto Casilla con
ricos colores y tonos cálidos, el
México de la leyenda de Mexicatl de
Jo Harper se convierte en el hermoso
paraíso que buscaron y encontraron,
y en un triunfo glorioso de fe y
valentía.

IMPRESO Y ENCUADERNADO
EN LOS ESTADOS UNIDOS DE AMÉRICA

Edades 5 en adelante

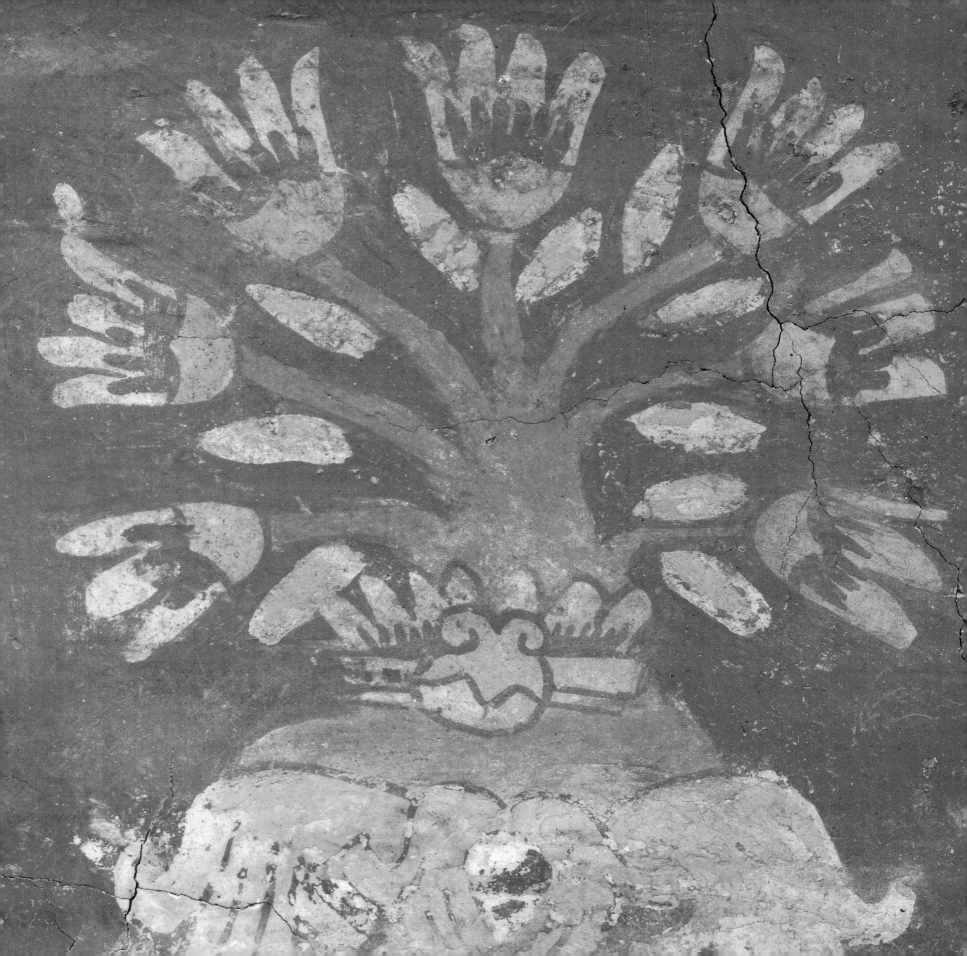

La Leyenda de Mexicatl

Jo Harper

ilustraciones de Robert Casilla

traducción de Tatiana Lans

Turtle Books
New York

Hace mucho tiempo, bajo el sol ardiente del desierto nació un niño. Su madre lo acostó en la cuna que había hecho con una planta de mezcal, y lo llamó Mexicatl.

La vida en el desierto era dura, pues no era fácil encontrar sombra, comida y agua. Aun así, Mexicatl se convirtió en un joven alto y fuerte. El brillo de sus ojos era como el del lucero del alba, y era ágil como un águila en vuelo. Él hacía feliz a su madre a pesar de que vivían bajo el ardiente sol del desierto.

En las noches estrelladas del desierto, la madre de Mexicatl le contaba lo que su propia madre le había contado a ella: —Algún día llegará un hombre sabio y valiente para guiarnos fuera de este desierto. El Lucero del Alba se comunicará con él. Nos llevará a un lugar donde habrá agua y sombra. Ahí podremos vivir felices bajo la paz del cielo azul.

Mexicatl miró la inmensidad del desierto a su alrededor y se sintió muy pequeño. "¿Quién podría sacarlos fuera de esa arena interminable?" pensó.

En una noche iluminada por la llamarada del Lucero del Alba, Mexicatl escuchó una voz maravillosa que pronunciaba su nombre:
—Mexicatl... Mexicatl...

Sus músculos se tensaron mientras permanecía de pie.
—¡Acércate, Mexicatl! —dijo la voz que provenía de arriba.

Mexicatl corrió hasta la hermosa colina al pie de la Montaña del Trueno. De nuevo escuchó la voz que decía: —¡Acércate, Mexicatl!

Entonces Mexicatl comenzó a subir la Montaña del Trueno. Las filosas rocas lastimaban sus pies descalzos y en una ocación casi se resbaló de un saliente escarpado.

Al fin, Mexicatl llegó a la cima de la Montaña del Trueno. Levantó su mirada y esperó sin moverse.

Pudo ver cómo la luz del Lucero del Alba parpadeaba y se hacía más brillante.

—Te he escogido a ti —dijo la voz profunda y armoniosa.

A Mexicatl le temblaban las rodillas de miedo.

—¿Guiarás a mi gente? —retumbó como eco la pregunta.

Mexicatl contestó con convicción: —Yo los guiaré. Dime qué debo hacer.

—¿Puedes ser fuerte pero amable? ¿Puedes ser bondadoso pero firme? ¿Puedes seguir tu camino con sabiduría?

A cada pregunta, Mexicatl contestó: —Sí puedo. Ordéname y obedeceré.

Guía a la gente hacia el sur hasta que lleguen a un arroyo cristalino que nace de una montaña —continuó la voz—. Cuando hayan descansado, continúen el camino siguiendo sus sombras. Cuando lleguen al lugar de la armonía, donde lo más alto se encuentra con lo más bajo y el agua se une con la tierra, planten jardines y construyan una ciudad. Ahí podrán vivir felices bajo la paz del cielo azul.

Mexicatl no entendió.

—¿Cómo podré reconocer el lugar de la armonía? —preguntó.

Pero el Lucero del Alba se desvaneció sin contestar.

Luego, en el momento del resplandor, cuando la noche se encuentra con el alba, apareció una visión en el cielo. Un nopal crecía de una roca bañada por las olas en medio de un lago, y en el nopal se posaba un águila devorando a una serpiente.

Mexicatl sintió un escalofrío de emoción por todo su cuerpo.

La larga bajada de la Montaña del Trueno le pareció corta a Mexicatl, y sintió que bajaba el escabroso camino sin esfuerzo. Sólo sentía emoción por la visión que había atestiguado, y ni siquiera notó las filosas piedras bajo sus pies.

"El águila es lo más alto y la serpiente es lo más bajo" pensó. "Donde lo más alto se encuentra con lo más bajo es el lugar de la armonía".

Cuando Mexicatl le contó a su gente lo que había pasado, muchos se burlaron de él y dijeron:
—El Lucero del Alba nunca hablaría con un niño como tú.

Sin embargo, unas cuantas personas se fijaron en los pies heridos de Mexicatl. Vieron cómo le brillaban los ojos. Le creyeron y decidieron seguirlo.

Y así fue que Mexicatl partió, acompañado de su madre y un pequeño grupo de seguidores.

Los dorados rayos del sol los azotaban sin piedad y el calor de la arena chamuscaba sus pies.

Mexicatl tenía miedo. ¿Acaso estaba llevando a su madre y a su gente a la muerte solo por un sueño?

Entonces, a lo lejos se asomó una montaña. Se elevaba como la última esperanza entre la ardiente arena.

Cuando llegaron a la montaña encontraron un arroyo cristalino. Bebieron el agua fría y salpicaron sus caras ardidas. Nadaron en el agua rizada.

Al día siguiente, los seguidores de Mexicatl no querían seguir caminando.

—Hemos encontrado agua —decían—, ¿para qué seguir?

—Éste no es el lugar de la armonía —contestó Mexicatl.

Así que sin levantar la mirada del suelo, siguieron su camino de mala gana, arrastrándose por el dolor de sus pies y el hambre. Pero Mexicatl mantuvo el brillo de sus ojos. Fue un camino largo y agotador.

Al fin, Mexicatl vio un lago.

—¡Miren! —exclamó señalándolo.

En medio del lago había un nopal que crecía en una roca bañada por las olas. En el nopal se posaba un águila devorando a una serpiente, pero cuando se acercaron, el águila voló hacia el Sol.

El corazón de Mexicatl palpitaba rápidamente de la emoción.

Mexicatl se sentía orgulloso. Había logrado guiar a su gente al lugar de la armonía.

—Soy el gran líder nombrado por el Lucero del Alba —le dijo a su madre—. Yo soy el hombre sabio y valiente.

Se puso una pluma en la cabeza y se llamó el Gran Hijo del Lucero del Alba. Se sentó solo en la sombra y comenzó a gritar, dando órdenes.

Desde la sombra, ordenó a unos que aflojaran la tierra para plantar, a otros que buscaran piedras pesadas para construir y a otros más para que hicieran canastas que usarían cuando llegara la época de la cosecha.

La gente empezó a quejarse.

—Mi trabajo es el más difícil —decían.

—El águila y la serpiente eran una señal falsa, y Mexicatl es un líder falso. Éste no es el lugar de la armonía.

—Ningún verdadero líder haría que trabajáramos de esta manera, mientras él descansa en la sombra con una pluma en la cabeza.

La madre de Mexicatl, los ojos oscurecidos por una sombra, habló con su hijo.

—Te has puesto por encima de los demás —dijo—. Ése no es el camino de la armonía.

Se dio la vuelta y dejó a Mexicatl solo en la sombra.

Mexicatl se sentía triste. No podía dormir.

—Quizás no sea un gran líder —susurró al cielo nocturno.

Esa noche fresca y estrellada recordó lo que el Lucero del Alba le había dicho. "Donde lo más alto se encuentra con lo más bajo, existe la armonía". También recordó las palabras que había pronunciado su madre. "Te has puesto por encima de los demás".

La mañana siguiente, Mexicatl se quitó la pluma de la cabeza, se reunió con la gente y les habló suavemente: —Juntos plantaremos. Juntos construiremos. Juntos cosecharemos.

Cuando la gente aflojó la tierra, Mexicatl también la aflojó. Cuando cargaron piedras, él también cargó. Cuando cosecharon, él también cosechó. Y juntos vivieron felices bajo la paz del cielo azul.

La gente dijo: —Mexicatl es un hombre sabio y valiente. Nos llamaremos por su nombre.

Y se llamaron mexicanos.

Epílogo de la autora

Después de que Cortés conquistó México, fray Bernardino de Sahagún, un misionero franciscano, escribió las leyendas del pueblo conquistado y transcribió sus escritos llamados *códices*. Éstos son pictografías hechas en finas tiras de piel de venado. Aunque las pictografías piden que la imaginación llene algunos detalles, las autoridades coinciden en muchos de sus significados.

Los aztecas, quienes obtuvieron su nombre de los españoles, venían del norte; quizás tan al norte como Utah. Ellos pensaban que eran un pueblo del destino guiados por su dios Quetzalcóatl, a quien asociaban con Venus, el lucero del alba.

Se dice que de bebé, su jefe dormía en una cuna hecha con hojas de maguey. Por eso se llamó Mexicatl o *liebre del mezcal*. Mexicatl se convirtió en un cura inspirado y jefe de su tribu. Guió a su gente en un arduo viaje y fundó la ciudad de Tenochtitlán en el lugar donde se les apareció un águila devorando a una serpiente. Ahí, su gente comenzó a llamarse "mexica" por el nombre de su gran líder.

Actualmente la Ciudad de México se encuentra en el sitio de Tenochtitlán y la bandera de México lleva el emblema del águila devorando a una serpiente.

——❦——

La imagen de la guarda es un detalle de un fresco de Teotihuacán, hacia 300-650 d.C.
Fotografía de la guarda: American Museum of Natural History

For Jim, my lightfoot lad — JH
For Omar — RC
The publisher wishes to extend a special thank-you to Ralph Tachuk.

Turtle
B O O K S

La leyenda de Mexicatl
[The Legend of Mexicatl]
Text copyright © 1998 by Jo Harper
Illustrations copyright © 1998 by Robert Casilla
First Hardcover Edition Published in 1998 by Turtle Books
First Softcover Edition Published in 2000 by Turtle Books

Turtle Books, 866 United Nations Plaza, Suite 525
New York, New York 10017

Cover and book design by Jessica Kirchoff
Text of this book is set in Book Antiqua
Illustrations are rendered in watercolor on illustration board with
some use of pastel and colored pencil

First Softcover Edition
Printed on 80# Evergreen matte natural, acid-free paper
Printed and bound at Worzalla in Stevens Point, Wisconsin/U.S.A.

10 9 8 7 6 5 4 3 2 1

Library of Congress Cataloging-in-Publication Data
Harper, Jo.
La leyenda de Mexicatl / Jo Harper ; illustrated by Robert Casilla. —1st ed. p. cm.
Summary: When Mexicatl responds to the call of the Great Spirit by leading the people to a
better land, his followers express gratitude by naming themselves after him.
ISBN 1-890515-22-1
[1. Folklore—Mexico.] I. Casilla, Robert, ill. II. Title.
PZ8.1.H2115Le 1998 398.2'0972'02--dc21 [E] 97-42222 CIP AC

Distributed by Publishers Group West

ISBN 1-890515-22-1

JO HARPER vive en Houston, Texas y trabaja como maestra, escritora y cuentista. Obtuvo un B.A. y un M.A. en Inglés y Español de Texas Tech University. También ha estudiado en la Escuela Internacional Sampere en Madrid, España; en la Escuela de Idiomas de Cuernavaca, México y en la Universidad Inter-Americana en Saltillo, México. Recibió el premio del National Endowment for the Arts. Jo es la autora de *Outrageous, Bodacious, Oliver Boggs,* y *Jalapeño Hal.*

ROBERT CASILLA obtuvo una licenciatura en Bellas Artes de la School of Visual Arts en la Ciudad de Nueva York. Vive y trabaja en su casa en Yonkers, Nueva York. Su hijo Robert fue el modelo para pintar a Mexicatl de niño, como se puede ver en la segunda ilustración de *La leyenda de Mexicatl.*

Robert ha ilustrado *The Little Painter of Sabana Grande, Rodeo Day, With My Brother/Con Mi Hermano, Jalapeño Bagels* y una serie de biografías incluidas las de Martin Luther King, Jr., Eleanor Roosevelt, John F. Kennedy, Jackie Robinson, Jesse Owens, Rosa Parks y Simón Bolívar.

TATIANA LANS nació en la Ciudad de México. En 1976 se mudó a Inglaterra y en 1979 a Estados Unidos donde obtuvo un B.A. en Español en la University of California Santa Barbara. En New York University obtuvo un M.A. en Estudios Latinoamericanos. Desde entonces ha trabajado como editora y traductora. Actualmente vive en la Ciudad de México.

Ilustración de la tapa © 1998 por Robert Casilla

Tapa impresa en los Estados Unidos de América

Distribuio por
Publishers Group West

La leyenda de Mexicatl is also available in—
a hardcover Spanish edition (ISBN: 1-890515-06-X);
a hardcover English edition, *The Legend of Mexicatl*
(ISBN: 1-890515-05-1); and a softcover English
edition (ISBN: 1-890515-21-3).

Visite nuestra página inicial en la Web
turtlebooks.com

Turtle
B O O K S

866 United Nations Plaza, Suite 525
New York, New York 10017